Birgit Stieler

SCHOKOKUSSGENUSS

Engelsdorfer Verlag
Leipzig
2014

Bibliografische Information durch die
Deutsche Nationalbibliothek:
Die Deutsche Nationalbibliothek verzeichnet
diese Publikation in der Deutschen
Nationalbibliografie; detaillierte
bibliografische Daten sind im Internet über
http://dnb.dnb.de abrufbar.

ISBN 978-3-95488-728-6

Hergestellt in Leipzig, Germany (EU)
www.engelsdorfer-verlag.de

9,00 Euro (D)

Inhaltsverzeichnis

Gute Vorsätze

Am Anfang war das Chaos

Chaos im Kopf
unsortierte Bilder
Feng-Shui-Bedarf

Lösung:
Hinsetzen
Tasse Kaffee
ein Zettel

Sortierarbeiten
nach Wichtigkeit
dann:

durchatmen
Multitasking
war gestern

Alles auf Anfang

Das Zählwerk
auf null stellen

neues Spiel
neues Glück

Sortiertes Chaos

Rohzustand
neugierig
kreativ
ruckzuck fertig
guter Schluss

Auf ein Neues

Jeder Tag
ein neues Abenteuer
ein leeres Blatt Papier

Jedes neue Jahr
die ungefüllten Seiten
eines Buches
dessen Autor
du bist

Tag und Jahr
alle Möglichkeiten
liegen vor dir

Was soll sich ereignen
was möchtest du tun
wohin willst du gehen
was wünscht du dir

es gibt für dich und mich
jede Menge Leben

Bücher

Ohne Bücher
wären nicht nur
all meine Regale
trostlos leer
auch mein Leben
wäre
um vieles ärmer

Vom Buch zum Wein

Lesezeichen
leserl-ich
oder laserst du
lieber Leser
in der Lesebar
bar jeglicher
Lesebrille
ablesen
anlesen
einlesen
querlesen
vorlesen
durchlesen
ausgelesen
Wein-Lese
Prost!

Sinnsuche

Meine Sinne suchen
jenseits jeder Sucht
tasten schmecken riechen
dass mir Hören und
Sehen vergeht
den Sinn in
jedem und allem

Jahr der Entscheidungen

Scheidungen und
End-Scheidungen

Gibt es auch
Anfangsscheidungen?
Jahr und Nein

Vorsätze

Vorsatz
Absatz
Einsatz
Ansatz

ansatzweise
agressiv ist,
wer seinen Absatz
mit Vorsatz einsetzt

Wir müssen alles richtig machen

Müssen wir?

Ja. Das muss perfekt sein.

Wer sagt das?

Das ist eben so. Wenn alles richtig ist,
kommst du weiter im Leben.

Und wenn ich Fehler mache, dann nicht?

Genau! Nur wer alles richtig macht,
kommt weiter.

Ich dachte, aus Fehlern lernt man.

Fehler darf man nicht machen.

Also darf man nicht lernen.

Jetzt drehst du mir das Wort im Mund herum. Nur wer perfekt ist, kommt weiter und wird befördert.

Aha. Und wenn ich gar nichts tue, mache ich auch keine Fehler.

So ist es.

Und wenn ich keine Fehler mache, werde ich befördert.

Genau!

Okay. Dann wird der befördert, der gar nichts tut.

Ja. Oder – wie jetzt?

Versuchungen

Die bernsteinfarbene Flüssigkeit in dem dickwandigen Glas wird mich entspannen. Ich schwenke es ein wenig, höre das leise Klirren der Eiswürfel und spüre schon, wie die milde Schärfe meinen trockenen Mund füllt und die Kehle hinunter gleitet.

Wenn ich mir diese erlesene Handtasche aus dem Schaufenster kaufe, bin ich glücklich. Ich werde beneidet und gehöre dazu. Dann führe ich endlich das Leben, das zu mir passt. Also was soll´s. Mein Konto ist sowieso überzogen.

Heute geht es mir so schlecht, ich brauche unbedingt etwas Süßes. Dieses herrliche Stück Schwarzwälder Kirschtorte lacht mich schon an. Ich werde mich in das Café setzen und mir etwas Gutes gönnen. Abnehmen kann ich morgen immer noch.

Gerade hat er wieder hergesehen. Ein Traum von einem Mann. Ob er wohl allein hier ist? Was mache ich bloß, wenn er mich anspricht. Mein Herz klopft wie wild. Jetzt kommt er auf mich zu. Lächelt. Für heute will ich alles vergessen und mich hingeben.

Schokokussgenuss

Glatte
hauchzarte
schokoduftige
hineinbeissige
dunkelknackige
zungenbohrende
sinnlichsüße
schaumzuckrige
unendlich leichte
Verführung

Gute Vorsätze
oder
die Philosophie des Schokokusses

Wenn ich merke
wie ich mich
in letzter Zeit
weiter entwickelt habe,
sage ich mir:

Mit Burgern, Torte und Verdruss
ist ab heute endlich Schluss

doch bevor es losgehen muss
hol ich mir noch nen Schokokuss

Ich denke an
obskure Obstkuren
Kohlsuppe und Trennkost
sowie auf den Genuss

auf den ich nun verzichten muss
und hol mir noch nen Schokokuss

Aus nassen Nesseln
bereite ich Salat
mit Kräutern aller Art
lese nicht mal fett Gedrucktes

Ich will nicht länger warten
hol Tomaten frisch vom Garten
die ich mir mit ner Menge
Kresse in die Fresse presse

So muss ich wohl
ohne Fett und Zucker
über die Runden kommen

Übergewichtigte Inhaftierte
müssen in Fett-Zellen einsitzen

Aber ein Ei ist doch
ohne Remoulade
viel zu schade...

...bevor ich mir das antun muss
hol ich mir noch nen Schokokuss

Auch Alkohol ist jetzt Tabu
doch wohin ich sehe:

Udo trinkt Ouzo
der Nachbar geht
in die Nachtbar

der untersetzte Vorgesetzte
genehmigt sich mit
aufgesetztem Lächeln
einen Aufgesetzten

Auf Trinken und Essen
völlig versessen
hab ich ganz vergessen:

entnervt am Schluss
gibt's immer einen Schokokuss

Am Niederrhein

Jubiläum in Duisburg

Wenn zum Jahrestag
die Vorfahren vorfahren
und später
die Nachkommen nachkommen

sind auch alle anderen
zur Stelle, um zu gratulieren:

Es gibt kein Entrinnen:
Sie werden euch in euren
Hütten heimsuchen:

Ein großspuriger, großporiger
Großgrundbesitzer aus **Großenbaum**

ein kleinwüchsiger Kleinkrimineller von
der **Kaiserberg**er Kleinkunstbühne

Tino und Tina, die Tango tanzenden
Tangaverkäufer aus **Trompet**

eine gedisste Disko-Distel aus **Duissern**

ein neunmalkluger, neureicher
alteingesessener neugieriger **Neudorf**er

tief gerührte **Ruhrort**er, die
am **Rhein hausen**

ein involvierter, inkonsequenter
inkompetenter und inkontinenter
Innungskrankenkassenmitarbeiter
vom **Innenhafen**

Ich bin mit einem Farn durch **Farn**
gefahrn
habe mich durchs **Buchholz** gekämpft,

und wenn ich jetzt ans Essen denke,
läuft mir nicht nur das **Wasserviertel**
im Munde zusammen

ich bekomme ein richtiges **Rumeln** im
Bauch

könnte ein ganzes **Kasslerfeld** leer essen

und als Nachtisch den **Rahm** abschöpfen!

Eine Liebeserklärung

Was weiß ich über den Niederrhein? Kann ich da mitreden? Neun glückliche Jahre in Orsoy sagen: Ja!
All das vermisse ich:

Den Rhein
Von einer Bank auf der Promenade den Frachtschiffen zusehen
am Ufer Muscheln suchen und die Füße im Wasser kühlen
mit der Fähre rüber nach Walsum einschließlich Picknick

Die Stadt
Über die Wall-Anlagen um den ganzen Ort spazieren
den Spielplatz und die Kletterbäume bei der alten Schule
den Pulverturm und die freiwillige Feuerwehr
das Rheintor und Pommes vom Postgrill
das alte Rathaus
und die langen Bücherabende in der Leselust

Die Jahreszeiten
Eichhörnchen auf dem Westwall
beobachten
den Tanz der ersten Kiebitze über den
Feldern im März
das Osterfeuer am Sportplatz
Glühwürmchen bei unserer
Nachtwanderung im Sommer
Kaulquappen fangen im Kuhteich
Fledermäuse in der Dämmerung
Rehe in der Bendstege im Herbst
Wildgänse auf den Feldern im Winter
und den Nachtspaziergang, wenn der erste
Schnee gefallen ist

Die kleinen Ereignisse
Die Menschen, die freundlich grüßen oder
demonstrativ nicht grüßen
die Auswärtsspiele des SV Orsoy
das jährliche Pumpenfest auf unserer
Straße
die kostenlosen Teilchen beim Bäcker
Schmidt vom Vortag
die kleinen Sonntags-Croissants in der
Brötchentüte von Hagemann
Leute treffen, stehen bleiben und
schwatzen
den Zwerghahn von Frau Sauer wieder
einfangen
und das Großereignis „Schützenfest“

Heinz Heide

Wegen seines
Beinleidens
an beiden Beinen
meidet Heinz
Rheinweiden.

Seine drei
Feinde meinen:
Fein!
Rheinweiden!
Kein Heinz
weit und breit

Derweil Heinz
daheim leise weint...

Heinz Heide Teil zwei

Heinz daheim beim Wein
Heike schneit herein

Hei, Heinz!
Weidenzweige schneiden?
Fein, meint Heinz

Rheinweiden?
Heinz schreit: Nein!
Keine Rheinweiden!
Mein Beinleiden!

Verzeih! Bleib daheim
und sei mein!

Ungereimter Rheinreim
oder
Reiner, der Landarbeiter

Der Kopfsprung von einer kopflastigen Kopfweide hinterließ auf seiner Kopfhaut heftigstes Kopfweh, das er bei jedem Schritt über das Kopfsteinpflaster spürte.

Bei Nieselregen niedergeschlagen in einer Niederung niederkniend, gelobte der Landarbeiter in einer Landschaft mit viel Landwirtschaft und Landschafen das gelobte Land nebst Landhaus zu gewinnen.

In einer Rheinaue bemerkte Reiner die Reinheit der im Rhein badenden Rheinbergerin nahe der Rheinweiden, woran sich auch andere Rheinländer weideten, die der Weidmann am liebsten ausgeweidet hätte.

Trotz niederer niederträchtiger Instinkte konnte er sich am Niederrhein mit der niedlichen Rheinmaid bei Niedrigwasser niederlassen, die bisher nie in einem Niederflurbus niedergekommen war.

Wählerisch

Es gab mal einen Mäuserich
der war zu Haus in Emmerich

er zog mit zwei Bekannten
über den Rhein nach Xanten

doch was er leider dort nicht fand
suchte er später kurzerhand

rechts des Rheines Richtung Wesel
hinter manchem drahtig Esel

auch links des Rheines nahe Geldern
zwischen Wiesen, Wald und Feldern

ließ der Erfolg noch auf sich warten
sah er doch in einem Garten – in Goch
hinein in jedes Mauseloch

doch was er suchte, ist wohl klar
er fand´s auch nicht in Kevelaer

dafür ein prächtig Exemplar
ein Mäusemädchen frisch vom Land
sich hier bei Rheinberg endlich fand

und die Moral soll hier wohl sein
Mühe lohnt sich – auch am Rhein

Die Elemente

Interview mit Heino Rübesam, Himmelsstürmer, 23 Jahre alt

Herr Rübesam, wieso haben Sie diesen ungewöhnlichen Beruf?

Heino R.: Ich wollte schon immer hoch hinaus, obwohl mein Vater damals sagte: Heino, bleib bei deinen Rüben

Wie ging es dann weiter?

Heino R.: Leider kam mein Vater bei einem Erdrutsch ums Leben. Von da an ging es für mich aber steil bergauf.

Schauen Sie gern auf andere herab?

Heino R.: Nun ja, das lässt sich in meiner Position wohl nicht ganz vermeiden. Außerdem bin ich immerhin einen Meter dreiundneunzig groß.

Sie sind also nicht geerdet, sondern eher abgehoben?

Heino R.: Das haben Sie gesagt. Ich würde eher sagen: ich denke groß.

Was ist Ihr Lieblingsessen?

Heino R.: Himmel und Erde

Sind Sie verheiratet?

Heino R.: Daran arbeite ich. Während ich die Karriereleiter hinaufsteige, habe ich mich in die Tochter eines Konzernchefs verliebt.

Aha. Verraten Sie mir den Namen?

Heino R.: Der Tochter oder des Konzerns? Haha. Ich verrate Ihnen beides: der Konzern heißt Airotec, die Tochter heißt Wendy Windinger.

Hat Wendy auch ein Auge auf Sie geworfen?

Heino R.: Aus luftiger Höhe. Wir haben uns beim Fallschirmspringen kennen gelernt.

Da kann ich nur gratulieren und weiterhin viel Erfolg wünschen auf dem Weg nach oben.

Ein Tag im Leben des Heino Rübesam

Wendy Windinger erzählt

Wenn sich Heino morgens aus unserem Himmelbett aufschwingt und ins Bad schwebt, mir unterwegs unentwegt Luftküsse zuhaucht, fühle ich mich im siebten Himmel.

Er erledigt alles mit einer Leichtigkeit, selbst die Light-Konfitüre scheint sich wie von selbst auf sein Croissant zu begeben. Wenn ich das sehe, könnte ich vor Glück abheben.

Später schwingen wir uns mit Vatis Privatflieger in die Lüfte und düsen durch flockige Wolkenteppiche und wattig-weiche Schaumkronenbetten.

Ja, Heino zeigt mir zwischen Himmel und Erde den Himmel auf Erden und zum Abendessen koche ich ihm sein Leibgericht Himmel und Erde.

Spiel mit dem Feuer

Rainer Brand arbeitet mit Feuereifer bei der Feuerwehr. Man kann sagen, er hat Feuer im Blut.

Sein Kumpel Karsten Kokel war anfangs auch Feuer und Flamme für den Job, doch plötzlich galt das Feuer in seinen Augen Rainers brandneuer Flamme. Hinter der Feuerwand hatte er Feuer gefangen.

Für dich geh ich nicht mehr durchs Feuer, schrie Rainer und lief feuerrot an. Mit dir spiele ich auch nie mehr in der Feuerpause mit dem Feuerball.

Karsten wollte seinen Freund nicht verlieren, er kaufte ihm zunächst einen neuen Feuerstein für sein Feuerzeug, entfachte hinter der Feuersäule einen Brandherd, servierte ihm in einer feuerfesten Form einen Kuchen aus Brandteig. Dazu reichte er Feuerzangenbowle mit viel Brandwein, engagierte einen Feuerschlucker, der ein Feuerwerk inszenierte und bot ihm schließlich eine Fahrt auf seinem Feuerstuhl an.

Wässrig

Der Herr der sieben Weltmeere, Hans Wassermann, ein mit allen Wassern gewaschener Meeresbiologe, dem das Wasser bis zum Hals seines Wasserkopfes stand, soll, als ihm beim Anblick einer Wassermelone der Mund wässrig gemacht wurde, folgende Aussage gemacht haben:

Noch nach Wochen roch Jochen beim Knochenkochen nach Rochen.

Flüsse des Lebens

Mein Fluss des Lebens ist der Amazonas. Zwar weiß ich nicht allzu viel hierzu, Südamerika und feindliche Völkerstämme, aber es passt. Auch meine Familie schien mir mitunter feindlich und fremd. Es war für mich ein Überlebenskampf auf diesem wilden Fluss. Es lauern Piranhas, die mich zerfleischen wollen.

Viel lieber ist mir da der Mississippi. Schon das Wort spricht mich an. Die Leute dort singen viel, sind mir sympathisch und wurden ebenfalls lange unterdrückt. Es sind starke Menschen mit Feinsinn, stolz und Kreativität, so wie ich.

Ich mag auch ihren Rhythmus. Ich wäre gern mit netten Leuten auf dem Schaufelraddampfer unterwegs.

Überhaupt würde ich gern den Bach hinter mir lassen und gleich beim erwachsenen Fluss beginnen.

Der Rhein hat mich seit meiner Geburt begleitet. Das Krankenhaus in Düsseldorf, in dem ich zur Welt kam, lag am Rheinufer. Später zog ich wegen der Liebe nach Duisburg an den Rhein, zwischendurch wohnte ich einige Jahre in Orsoy am Rhein. Mein Physiotherapeut sagte mal zu mir: Da müssen wir aber aufpassen, dass Sie nicht eines Tages in Holland landen.
Und wenn schon...

Herbst

Elfchen

Herbst
bunte Blätter
fallen zur Erde
werden eins mit ihr
Vergänglichkeit

Alter
liebenswerte Falten
erzählen die Geschichte
eines reich bewegten Lebens
Stärke

Vernebelter Morgen

Ritter Sporn
erhob sich
von seiner
nächtlichen Ruhestätte.

Als sich der
Morgennebel lichtete,
bemerkt er das
schmerzhafte Veilchenhorn
an seiner Stirn
sowie den Umstand
seine Nachtruhe
im Tanzsaal
verbracht zu haben.

Nach einem Blick
in den Saalspiegel
ent-rüstete er sich
wählte stattdessen
Wintermantel und Regenschirm
aus dem Ramschladen.

Ritter Sporn
beabsichtigte nämlich,
die Schirmherrschaft des
sich unter dem Regenschirm
regenden Regenten
zu übernehmen.

Leere

Gestern haben Sie meinen Nachbarn abgeholt. Ich kenne ihn nun schon seit über zehn Jahren und hatte noch nie Ärger mit ihm. Er war eher ein ruhiger Typ. Ich kann mir gar nicht vorstellen, dass jemand mit ihm aneinander gerät.
Klar, er war schon eine ziemliche Kante, stellte alle in den Schatten, aber sehr gutmütig.
Vor allem tierlieb war er, freute sich über jedes nistende Vogelpaar und auch an den Eichhörnchen hatte er seine Freude.
Jetzt, wo ich darüber nachdenke, sah er doch in letzter Zeit etwas krank aus, aber sooo schlimm?
Nun muss ich hier alleine meinen Platz behaupten, sieht schon irgendwie merkwürdig aus, diese kahle Stelle da drüben. Es ist irgendwie so endgültig, dieser abgesägte Baumstumpf...

Wald

Vertraute Vielfalt
wetterfest verwurzelt

Freunde geleiten dich
durch den Herbst
deines Lebens

November-Blues

Kalt und sinnlos
meine Welt
wozu
morgens aufstehen
alles trostlos
nass und grau

Und doch versuchen
die Lektion des Herbstes
aufzunehmen

Vielleicht ausruhen,
Kraft sammeln
für das
was bald kommt

November-Rap

Melancholie und Apathie
treffen mich nie.

Zeigt der Kalender
gerade mal September
brauch ich Harmonie
wie ein Verschwender.

Tosender
Beifall mit Spielball
für Pausenclowns
gibt's nie Applaus -
ich muss hier raus.

Sonst komm ich doch
ins schwarze Loch
über die Leber die Laus-
ige Beschreibung eines
Gefühlszustandes
kriege ich Zustände
unter diesen Umständen
sich umständlich
Sorgen machen, also
fürs Lachen sorgen
oder fürs Lachen
Sachen besorgen
scheint mir die Alternative.

Alte naive Leute glauben,
es geht nicht ohne sie,
die Melancholie.

Egal, im Regal steht schmal
die Schale mit Bonbons
süßes Glück für trübe Tage.

Tierisch

Schwarzweiß

Gelassen, Bauch an Bauch
stehen sie, warten
scheinbar auf etwas
genießen die Gemeinschaft

(Kühe)

Zweitwohnsitz Niederrhein

Geflüchtet
vor der sibirischen Kälte
entschieden sie sich
für unsere Felder
willkommen

(Gänse)

Freiheit

Hund geschunden
locker gebunden
heimlich verschwunden

frühe Stund
gefundner Hund

Wunden verbunden
Schmerz verwunden
Wunden verschwunden

späte Stund
froher Hund

Wunschdenken

Rüde Rüdiger lag müde auf der Wiese und beobachtete mit gehobener Braue den Kater auf dem verwilderten Nachbargrundstück.
Regungslos angespannt fixerte der Kater eine Amsel, den entscheidenden Sprung bereits verinnerlicht.

Ach, könnte ich doch sein wie er, dachte Rüdiger, erhob sich behäbig und schüttelte ausgiebig das staubige Fell.

Der Kater schien sich dadurch gestört zu fühlen und funkelte ihn an.

Rüdiger schleppte sich zur Pfütze und versuchte, sich im trüben Wasser zu spiegeln. Gerade als die Sonne hervorkam, sah er sich.

Mit seinem braungrauen struppigen Fell und den herunter hängenden Ohren hatte er so gar nichts mit der grazilen Eleganz des Nachbarkaters gemein. Ach was solls. Er war eben ein alter Hund.

Langsam trottete er zurück und wollte gerade seinen abgenagten Knochen weiter bearbeiten, als er hinter sich ein schrilles Gekläffe hörte. Im selben Moment sprang der Kater jaulend an ihm vorbei und verschwand drüben im hohlen Baumstamm.

Der kleine Pitbull von gegenüber stand am Zaun und wollte sich Gehör verschaffen. Rüdiger schaute kurz auf und ermahnte ihn mit einem heiseren Bellen. Es wirkte sofort. Der Kleine verstummte und verzog sich.

Eine ganze Weile später kam der Kater aus seinem Versteck hervor und legte sich neben Rüdiger.

Karneval der Tiere

Die Ente geht als Schwan.
Der Schwan möchte lieber ein Storch sein.
Der Storch will keine Babys mehr abliefern, er möchte sich ausruhen und vielleicht mal unter die Erde schlüpfen.
Ein Bergwerk, das wäre etwas für ihn.
Den Maulwurf treibt es raus aus den dunklen Gängen, er möchte in den Süden fliegen.
Ob die Fledermaus ihn auf ihrem nächsten Nachtflug mitnimmt?

Der Wolf hat sich einen Schafspelz besorgt und geht als Unschuldslamm.
Die Schafe dagegen haben das Bravsein satt, malen sich Tigerstreifen auf und fletschen die Zähne.
Der Affe spaßt nicht mehr und fällt in lethargische Apathie.
Die Lachmöven weinen, während das Gnu freudig hüpfend mit dem Krokodil Verstecken spielt.

Eine kleine Unterhaltung

Nachtschnecke Norbert trifft Tausendfüßler Eddy.

„Hallo Eddy, wohin des Wegs?“

„Nur weg hier. Ich will vor Einbruch der Dunkelheit wieder unter meinem Heimstein beim Sportplatz sein.“, antwortet der Tausendfüßler besorgt.

„Warum die Eile? Du treibst dich doch sonst so gern an der Düsseldorfer Straße herum.“, bemerkt die Nacktschnecke verständnislos.

„Du solltest heute die Straße meiden, Norbert. Ich hab da so ein ungutes Gefühl!“

„Ach Eddy, du wieder mit deinem esoterischen Kram. Die Düsseldorfer Straße war noch nie so ruhig wie heute. Ich denke, ich werde sie überqueren und das Gras auf der anderen Seite testen.“, meint die Schnecke zuversichtlich.

„Hast du denn nicht gesehen, was hier vor sich geht? Gestern waren Leute da und haben grüne Striche auf die Straße gemalt[1]. Und eben wurde alles abgesperrt. Sei vernünftig Norbert und kriech schnell zu deiner Familie, so lange du noch kannst!“

„Ich glaube, du hast recht, Eddy, da vorne kommen Zweibeiner. Neeeiiinnn! Sind die schnell! Hoffentlichen sehen die mich! Hilfeeeeeeeee!

Erdferkel Emil

Als Emil, das Erdferkel am Vormittag aus seinem Erdloch kroch, ahnte er bereits, dass dies ein besonderer Tag werden würde.

Der Himmel war blau wie immer und die Sonne brannte. Hinten bei der Menschensiedlung roch es fremd.

Emil hielt den Rüssel in den Wind und schnupperte. Diesen Geruch kannte er tatsächlich nicht.

Vorsichtig näherte er sich dem Dorf, verbarg sich hinter einem verdorrten Strauch. Wegen der Kinder musste er

[1] Vorbereitung zum jährlichen Rhein-Ruhr-Marathon in Duisburg

besonders vorsichtig sein, denn sie waren fast so schnell wie er.
Aber Kinder waren nicht zu sehen.

Emil sah aus seinem Versteck, dass sich die gesamte Dorfgemeinschaft auf dem Kochplatz versammelt hatte und um die großen Kessel herumstand, aus denen dieser fremde Geruch stieg. Nicht schlecht, dachte Emil.

Bei den Leuten standen zwei bleich aussehende Männer mit lustigen Anzügen, die mit den Dorfbewohnern redeten und in den Kesseln rührten.

Nun stieg die Spannung, das Essen wurde verteilt. Alle probierten. Emil konnte erkennen, wie einer nach dem anderen das Gesicht zu einer Grimasse verzog, manche spuckten sogar das Essen auf den Boden.

Schließlich nahmen ein paar Männer die Kessel hoch und schleppten sie in Emils Richtung. Emil duckte sich und wagte kaum zu atmen. Es war unglaublich. Der Inhalt der Essenstöpfe ergoss sich unmittelbar vor Emil im Sand.

Emil strahlte. Sobald sich die Männer abgewandt hatten, stürzte er sich gierig auf gekochte Kartoffeln, Apfelmus und Blutwurst. Nun ja, nicht jeder mag Himmel und Erde, aber Emil war das egal.

Ein tierisches Minimärchen

Es waren einmal ein Perlhuhn und ein Truthahn, die lebten auf einer Farm. Das Perlhuhn war allerliebst anzusehen in seinem glatten Federkleid. Der Truthahn war mit großer Hässlichkeit gestraft und litt sehr, weil er im Grunde ein lieber Kerl war. Das wusste auch das Perlhuhn und sie waren Freunde.

Eines Tages im Spätsommer wollte der Farmer den Truthahn verkaufen und beide Tiere überlegten, wie sie das verhindern konnten. Das Perlhuhn sammelte sämtlichen Vogelkot vom Boden auf, schmierte das Ferkel komplett ein und beklebte es anschließend mit allen herumliegenden Federn.

So nahm der kurzsichtige Farmer das Ferkel mit zum Markt, und als die Tür des Geheges kurz offen stand, schlüpften Truthahn und Perlhuhn schnell ins Freie. Und wenn sie nicht gestorben sind, feiern sie noch heute ihren Triumpf.

Das Faultier

Träge Tragetasche, Hängebeutel, Hängematte, Hengelo, kopfüber am Seil hängend, aussagekräftiges Gesicht, Schlafzimmerblick, tierisch gemütlich, fellig, buschig, burschikos, ist das Faultier männlich oder weiblich? Ich würde sagen männlich... es liegt auf der Couch und guckt Fußball, sieht man in letzter Zeit wieder häufiger ... ist also nicht vom Aussterben bedroht.

Lebenslinien

Wie soll es heißen

„Guck mal, Schatz, kannst du darauf was erkennen?" Begeistert hielt ich ihm das Ultraschallfotos vors Gesicht.
Ralf grinste. „Aha, wir bekommen also einen Jungen, dann sollten wir uns doch jetzt langsam einen Namen einfallen lassen", meinte er.

Darauf war ich vorbereitet. Seit Wochen blätterte ich in einem Namenvorschlagbuch. Also dann. Zumindest war unsere Wahl schon mal zu fünfzig Prozent eingeschränkt.

Wir wollten keinen altmodischen Namen, aber auch keinen allzu modernen. Unsere Bekannten nannten ihre Kinder „Ruben Kilian" und „Naemi Rosali". Das sollte bei uns anders werden.

Ich begann mit „A":
Aaron, Achim Adalbert, Adam, Adolf...
„Adolf wohl kaum.", bemerkte Ralf
„Adrian, Albert, Alex, Alexander. Wie findest du Alexander?", fragte ich.
„Bloß nicht! So hieß mein größter Feind auf der Grundschule!"
Schon klar, also weiter.
Ralf sah mir über die Schulter. „Ich find Bernd schön", sagte er.

„Nein!", schrie ich. Den Bernd haben in unserer Klasse alle geärgert. Ich will nicht, dass unserem Sohn so etwas passiert."

Wir waren inzwischen bereits bei „H"
„Horst?"
„Nein." Ralf schüttelte den Kopf. „Horst heißt mein Onkel."
„Und Ingo?"
„Können wir mal in die engere Wahl nehmen, lass mal weiter gucken."
„Peter?"
„Nee", sagte ich (der war in der Schule mein Schwarm, das sagte ich aber lieber nicht).
„Richard?"
„Auf keinen Fall, so hieß unser Bürovorsteher, der war so tausentprozentig."

„Was hältst du von Stefan?"
„Gut. Und wenn es ihm später nicht gefällt, könnten wir Ingo als zweiten Namen dazu nehmen."

Das wars, Stefan Ingo ist heute achtzehn.

Der Zahn der Zeit

Milchzähne
Zahnbürste
Zahnpasta
Zahnlücke
Zahnfee

Zahnschmerz
Zahnarzt
Zahnfüllung
Zahnspange
Zahntechniker

Einen Zahn zulegen
Zähne zeigen
Zähne fletschen
Weisheitszahn
Zähne zusammenbeißen

Auf den Zahn gefühlt
zähneknirschend
Zahnstocher
Zahnseide
Zahnkrankheit

Zahnfleischschwund
zahnlos
Zahnprotese
Dritte Zähne
ins Gras beißen

Kindsein – gestern – heute

Sonntagsspaziergang
  Radttour mit dem Mountainbike
mit Mama und Papa

Picknick auf der Wiese
  Besuch bei Mc Donald´s

Schwimmen im Baggersee
  Wellness im Solebad

Versteckspielen und Fangen
  Skateranlage und Playstation 3

Märchenwald
  Moviepark

Schlagzeug auf der Omo-Trommel
  Guitar Hero für Nintendo Wii

am Eierlikör naschen
  Flatrate- und Komasaufen

Flaschendrehen
  chatten auf facebook.de

Nachts, wenn du schläfst

ertönt der Schrei eines Neugeborenen im Kreißsaal
schließt ein Mensch zum letzten Mal die Augen
lieben sich zwei auf der Rückbank ihres Autos
streitet sich lautstark ein Ehepaar

zieht eine Mutter ihre Zeitungskarre durch die Straßen
zieht sich eine Prostituierte die Lippen nach
rettet die Feuerwehr ein Leben
geschieht ein grausames Verbrechen

Nachts, wenn du schläftst,

zerknittert dein Schlafanzug
trinkt eine Mücke dein Blut
kriecht die Angst durch manche Träume

liege **ich** noch lange wach
wird eine Wortschöpfung geboren
verliert Zeit ihre Bedeutung
löst sich ein Problem von selbst
wächst ein Samenkorn

Vor dem Nichts

Im November 2002, Carola war gerade zwei Jahre alt geworden, flüchtete ich an einem Sonntag mit meinen Kindern ins Frauenhaus. Alles, was wir dabei hatten, passte in eine Reisetasche. In meiner Panik hatte ich nur ein paar Sachen zusammengerafft. Immerhin, Anziehsachen zum Wechseln für alle, Toilettenartikel, Schlafanzüge sowie Fläschchen und Windeln für Katrin, die damals noch ein Säugling war.

So trafen wir mitten in der Nacht ein, müde und verstört. Im Büro, das bei Bedarf durchgehend besetzt war, schrieb die Frau unsere Daten auf, zeigte uns Küche und Bad und gab uns dann ein Zimmer mit zwei Etagenbetten und einem Babybett. Hier würden wir nun erstmal wohnen. Die Kinder tranken noch ein Glas Wasser, legten sich hin und schliefen recht schnell ein. Auch Katrin bekam noch etwas Tee, drehte den Kopf und schon fielen ihre Augen wieder zu.

Ich konnte immer noch keinen klaren Gedanken fassen. War das heute wirklich mir passiert? Jetzt war ich also getrennt. Immerhin lebten wir alle und waren zusammen. Alles andere würde sich ergeben, aber bis dahin war es noch ein langer Weg. In der Küche bereitete ich Katrins Fläschchen vor und stellte es dann im Zimmer hinter die Heizung. So würde es warm bleiben. Katrin würde sich eh bald wieder melden.

Auf der Fahrt hierher hatte Michael nur gesagt: „Mama, endlich trennst du dich von ihm, endlich." Michael, der sonst nur wenig sprach, war überhaupt der einzige, der bisher irgend etwas zum Thema gesagt hatte.

Der nächste Tag, ein Montag, begann sehr stressig. Morgens ging ich zum Münzfernsprecher und informierte die Schule, dass und warum die Jungs heute nicht zum Unterricht kommen. Stefans Lehrerin bot mir ihre Hilfe an. Sie würde jederzeit aussagen. Mir kamen schon wieder die Tränen.

Meine Mutter zeigte sich völlig verständnislos: „Was du aber auch immer machst!" Ich legte den Hörer auf, hier konnte ich nichts erwarten.

Später ein halbstündiges Einzelgespräch mit der Beraterin des Frauenhauses, danach zum Arzt, der mir die Würgemale am Hals attestierte. Anschließend zum

Rechtsanwalt, zum Sozialamt und zum Jugendamt, die vier Kinder immer dabei. Da ich keinen Kinderwagen hatte, schleppte ich Katrin im Maxi-Cosi, Carola nahm ich an die Hand, manchmal musste ich sie auch auf den Arm nehmen oder die Jungs kümmerten sich um sie. Dabei immer das Gefühl und die Angst, beobachtet und verfolgt zu werden.

Am Nachmittag, als wir etwas zur Ruhe gekommen waren, rief ich Marion an. Ja, Bernie würde zu ihm gehen und versuchen, die Schultaschen aus der Wohnung zu holen. Mein Mann hätte wohl gestern Abend noch weiter randaliert und gebrüllt: „Die bring ich um!“ Ich traue ihm das auch zu, meinte Marion. Toll, das baut auf, sagte ich.

Bernie gelang es, die beiden Schultaschen herauszubekommen und er brachte sie uns. So konnten die Jungs am nächsten Tag wieder zur Schule gehen.

Es folgten weitere Gesprächskreise, Behördengänge und Gruppendienste. „Vielleicht in eine andere Stadt ziehen und von vorn beginnen?“

Manche Frauen telefonierten schon wieder mit ihren Freunden, waren schon wieder bereit, ihren Peinigern zu verzeihen.

Ich nicht, dachte ich. Nach zwei Wochen war er aus der gemeinsamen Wohnung ausgezogen und wir konnten heim, dahin, wo alles passiert war.

Allein

Es gibt Tage
das raste ich fast aus
sehe dann nur
die Löcher
nicht den Käse

Die Kinder
beschweren sich nicht
noch nicht

Den ganzen Tag
gearbeitet
im Haushalt
gearbeitet?

Andere wollen mich
lieber angepasst
und unauffällig
wollen mir erzählen
wie frau zu sein hat

Was maßt ihr euch an?
Was wisst ihr überhaut von mir?

Die Wut
ist mein Motor
ich weiß sehr wohl,
wie stark ich bin

und wenn ich auch
mal schreie
verstehen mich doch
meine Kinder
besser
als meine Nachbarn

die brüllt ja nur
mit ihren Kindern
kein Wunder
sie ist ja auch
allein erziehend

manchmal sehe ich
dann aus
wie ein Monster
Mütter müssen wohl
manchmal Monster sein

ich bin
in solchen Momenten
nicht besonders stolz

auf mich
möchte dann
auch nicht
mein Gesicht
im Spiegel sehen

und trotzdem
muss ich wohl
auch
diesen Teil
von mir
liebevoll annehmen

Lebenslinie

Herzschlag
Wirrungen
Berg und Tal
Liebeseinheitsbrei
Stolpersteine
Bauchgefühl
Herzwunschkinder
Einschnitte
Scheide-Wege
Einsicht
Einklang
Klarheit

Holger

Holger darf alles. Sachen wegnehmen, verstecken, kaputt machen, aus der Waschmaschine klauen, auf die Erde schmeißen, austrinken, verschmutzen oder für immer verschwinden lassen.

Holger ist mein fünftes Kind, das nicht existiert. Holger ist für all das verantwortlich, was in unserer Familie passiert und sonst niemand gewesen sein kann. Holger isst die Schokolade auf, trinkt die Colaflasche leer, macht Flecken in die Klamotten der Kinder, müllt Michis Zimmer zu und hat sogar seine Unterhosen geklaut. Holger geht unbemerkt an den Kühlschrank und isst alle guten Sachen auf, am liebsten macht er sich über das Nutellaglas her, vermatscht Teller, Messer und räumt sein Geschirr nach dem Essen nie weg.

Er bastelt heimlich an unserem Wohnzimmertisch, lässt Stifte und Papierschnipsel sowie Katrins Schere herumliegen, verteilt überall Bonbonpapier und lässt Katrins Schultasche mitten im Zimmer fallen.

Holger reißt Löcher in Carolas T-Shirts und verstellt die Uhr, damit sie zu spät zur

Schule losgeht. Immer, wenn es von den Kindern niemand war, kommt Holger ins Spiel.

Ach ja, und dann muss er auch neulich an meiner Handtasche gewesen sein, denn sooo viel Geld kann ich beim Shoppen unmöglich ausgegeben haben.

Die Abschlussfeier

Weinen konnte ich schon immer gut, wenn mich etwas anrührte. Aber als Kind und als junge Erwachsene schämte ich mich meiner Tränen. Meine Mutter machte sich dann über mich lustig. Sie hatte ich in all den Jahren nur ein einziges Mal weinen sehen. Und mein Vater nannte mich eine Heulsuse. Er weinte nur auf Beerdigungen.

Heute schäme ich mich nicht mehr. Letzte Woche, bei der Vorbereitung für den Miriam-Sonntag, hatte ich betont, wie toll ich das Thema Tränen finde. Ich erklärte, mutig genug zu sein, zu weinen, wenn es angebracht sei.

Schon zwei Tage später erhielt ich die Gelegenheit, meine „Reife“ unter Beweis zu stellen. Mein ältester Sohn Stefan hatte seine Schulabschlussfeier.

Alle Schüler und Schülerinnen waren heute besonders feierlich gekleidet. Da standen sie auf der Bühne, junge Menschen auf dem Weg ins Leben, zu recht stolz auf ihre Leistungen, neugierig und erwartungsfreudig. Sie wiegten sich im Takt der Musik, schwenkten die Zeugnisse über ihren Köpfen und sangen „we are the world, we are the children!"

Ich war ja sooo stolz auf meinen Stefan! Und da waren sie auch schon, die Tränen. In der Kirche weine ich üblicherweise ein bis zwei Tränen pro Auge. Doch heute war es anders: nicht einzelne Tränen, sondern das volle Programm! Sie wollten gar nicht mehr aufhören zu laufen und ich war mir nicht mehr sicher, ob ich mich mutig und souverän fühlte.

Jetzt begann ich auch noch zu schluchzen.

Drei Taschentücher später, als meine Fluten endlich versiegt waren, sah ich die Frau neben mir. Sie lächelte und sagte: „Ich bewundere, dass Sie sich Ihrer Tränen nicht schämen. Sicher hat mancher hier einen Kloß im Hals."

Wo bist du

Wo bist du
wenn ich deine
Nähe brauche
deine Wärme und
Zärtlichkeit

im Nebel
des Alkohols
gefangen
undurchdringlich
für mich

mir bleibt nur
die Erinnerung
an dich
in deiner
Nüchternheit

Schicht für Schicht
abgetragen
doch da bleibt nichts
kein innerer Kern
mit dem ich hätte
verschmelzen können

vielleicht passte es nur
weil ich wollte
dass es passt

Wenn ich die Zeit zurückdrehen könnte

würde ich dich nicht mehr
mit meiner Liebe überrollen
sondern dir alle Zeit der Welt lassen
damit du deine Verletzlichkeit
und Traurigkeit bewältigen kannst

ich würde dir
allen Freiraum lassen
den du brauchst
um dich zu entwickeln
und dich wieder
als den wertvollen
Menschen entdeckst
der du bist

ich würde mir
auf die Finger schlagen
damit ich dir
keine erboste und
fordernde sms
mehr schreibe

ich würde jede Sekunde
mit dir noch
intensiver erleben
und für alle Zeit in
mein Gedächtnis brennen

aber ich kann die Zeit

nicht zurückdrehen
heute ist heute
und gestern war gestern

trotzdem
würde ich mich
jedes Mal wieder
lächerlich machen[2]
und um deine Liebe
kämpfen

Das Warten hat ein Ende

Immer seltener denke ich
an die Zeit des Wartens

als Sklavin meines Handys
warte ich auf den
kleinen leuchtenden
Briefumschlag
immer wieder aufklappen
nein, es ist nicht kaputt

meine sms bleibt ohne Antwort
stundenlang
dann endlich: das Signal
mein hüpfendes Herz
saugt deine Worte auf
wenn ich warte

---

[2] das sehe ich heute anders

auf das Ende der Woche
auf dich
und du wieder
keine Zeit für mich hast

irgendwann, sagst du
ist die Zeit für uns

zermürbendes Warten
auf das Ende
einer längst
gestorbenen Liebe

die Zeit des Wartens
ist vorbei,
weil es **uns**
seit heute
nicht mehr gibt

andererseits
habe ich
mich selbst
wieder gefunden

Wenn ich mein Leben noch einmal leben könnte

würde ich gern die Weisheit in die
Kindheit vorverlegen, während ich mir
das Fehler machen für die zweite
Lebenshälfte aufsparen möchte

würde ich alles gelassener angehen, mir
mehr Zeit für mich und meine Kinder
nehmen

ich würde Freundschaften wichtiger
nehmen und klare Grenzen ziehen

ich würde nicht mehr jedem gefallen
wollen und mich so nehmen, wie ich bin

würde ich mehr reisen und viele Sprachen
erlernen

würde ich besser auf mich achten und
früher merken, welch wertvoller Mensch
ich bin

ich würde andere schneller durchschauen
und überlegter handeln

ich würde wieder vier Kinder zur Welt
bringen, mir aber vorher gründlich
überlegen, ob und wen ich heirate

würde ich mehr Zeit in der Natur
verbringen und öfter nach Paris fahren

würde ich an einer Afrika-Spedition
teilnehmen und auf der Chinesischen
Mauer wandern

ich würde Deutschland von Nord nach
Süd und von Ost nach West erwandern

ich würde mich ebenso oft über
Ungerechtigkeiten ärgern

und ich würde auf meine Schuldgefühle
verzichten

aber wozu auf eine neues Leben warten...
noch ist Zeit

Unterwegs

Reise-Fieber

Preise gucken
runterschlucken

Ziele wählen
Tage zählen

Sachen kaufen
Haare raufen

Koffer packen
und ab gehts

Norden Süden Osten Westen
welches Ziel ist wohl am besten

Urlaub ohne Sonnencreme
nur bei Regen angenehm

Die Einkaufstasche

Ach, schon wieder vergessen, einen Stoffbeutel einzupacken! Naja, das Katzenstreu trage ich eh so. Was brauche ich schon groß? Katzenfutter, zwei Dosen reichen bis morgen, die bringe ich gleich in der Handtasche unter.

Aaaah, der Frischkäse ist runtergesetzt! Heute nur 55 Cent. Wäre ich ja dumm, wenn ich da nicht zwei Stück mitnähme. Ferrero Rocher ist auch im Angebot, das passt mir gut, weil ich heute Nachmittag zum Kaffee eingeladen bin.

Lange keine Mini-Salami gegessen, hätte ich auch mal wieder Appetitt drauf. Ach, heute haben sie auf einmal wieder Linsen mit Suppengrün...

Hätte ich mir doch wenigstens einen Korb genommen, aber da wird gerade ausgepackt, da nehme ich mir einen Karton weg.

Boah, die Ananas sieht auch lecker aus. 1,49 Euro. Früher waren die nicht so billig. Okay, bevor es noch mehr wird, geh ich mal zur Kasse. Aber vorher schnapp ich mir noch schnell aus dem Super-Sonderangebot ein Paket Schokoküsse.

Weshalb war ich nochmal hier? Ach ja, Katzenstreu wollte ich holen, da hab ich jetzt fast nicht mehr dran gedacht.

Mensch, ist das wieder voll am Kassenband. Meine Gedanken schweifen ab.

Die Einkaufstasche meines Lebens wäre für mich in jedem Fall ein Rucksack, um die Hände frei zu haben. In dieser Einkaufstasche wäre eine gute Portion Humor und Lebensfreude. Naja, dafür brauche ich eigentlich keine Tasche. Wären nur schwermütige Dinge im Rucksack, würde ich ihn abschnallen und leichten Fußes meinen Lebensweg fortsetzen. Ja, ich würde alle Ärgernisse in diesen Rucksack packen und ihn einfach irgendwo stehen lassen. Soll sich ein anderer damit herumärgern. Adieu!

Zustellung

3.15 Uhr

Der Radiowecker ertönt. Mechanisch taumle ich ins Bad. Zähne putzen, Kontaktlinsen einsetzen, kämmen, anziehen, Kaffeemaschine anwerfen. Blick aus dem Fenster: es ist trocken. Beim Kaffee trinken ziehe ich schon meine Laufschuhe an.

3.40 Uhr

Die Kinder schlafen alle noch, als ich leise die Wohnungstür hinter mir zuziehe. Ich höre noch Musik aus der Kneipe unten, als ich meine Zeitungskarre unter der Treppe hervorhole. Ich laufe die Kulturstraße entlang, spüre die Kühle des Morgens und werde allmählich wach. An der nächsten Kreuzung bin ich warm gelaufen.

4.00 Uhr

Am Abladeplatz angekommen. Meine Kollegen debattieren schon, wie dick die Zeitungen heute sind. Revier 1278. Ich checke: drei Pakete WAZ, ein Packen NRZ, eine Financial Times und einmal die Welt. Meine Karre ist randvoll. Unten gegengetreten und mit einem Ruck ziehen. Ja, so geht's.

4.25 Uhr

Endlich im Revier angekommen. Ab hier wird es leichter. Zeitung um Zeitung wandert in Briefkästen, Röhren und Klappen. Ich überquere die Straße, an der Jet-Tankstelle vorbei, beliefere die gesamte Rheintörchenstraße. Dann biege ich links in die Eschenstraße ein. Hier ist schon ordentlich was los. LKW rangieren, rewe und netto werden mit Brot und Lebensmitteln beliefert.

In meinem Revier gibt es sogar einen Fuchs, dem ich ab und zu begegne. Manchmal rieche ich nur seine Fährte. Bei der Schule an der Hitzestraße wartet gelegentlich eine Katze auf mich, die nach ein paar Streicheleinheiten weiterzieht. Da fällt mir der Witz ein: Vorher hat er sie noch alle, hinterher hat er sie nicht mehr alle: der Zusteller und seine Zeitungen. Hahaha.
Allerdings sind mir hier in der Frühe des unverbrauchten Tages schon viele gute Schreibideen gekommen...

6.15 Uhr

Als ich meine leere Karre im Hausflur verstaue, bin ich wieder müde. Nach dem Duschen frühstücke ich mit meinen Kindern, schmiere die Schulbrote für sie. Wenn sie aus dem Haus sind, lese ich genüsslich meine kostenlose Zeitung, anschließend wartet mein Bett auf mich.

8.00 Uhr

Gute Nacht! Ihre Zustellerin.

Stadtzauber[3]

Oh Straßen weit, oh Dächer
oh triste graue Stadt
du mein Kaffee im Becher
ich hab dich manchmal satt
da draußen stets betrogen
saust die geschäftge Welt
hat manches Mal gelogen
nur weil es mir gefällt

wenn es beginnt zu tagen
die Erde dampft und blinkt
beim täglich Zeitung tragen
spür ich wies in mir singt
der frühe Marsch am Morgen
so unverbraucht und klar
vertreibt mir alle Sorgen
nichts ist mehr wie es war

die Vögel lustig schlagen
dass mir das Herz erklingt
an manchen düstren Tagen
des Lebens Schauspiel singt
und mitten in dem Leben
werd meinen Weg ich gehen
mich Einsamen erheben
und mein Zuhause sehn

---

[3] nach „Waldzauber“ von Joseph von Eichendorf

Unterwegs

Ich wollte immer wandern
meine große Leidenschaft
gleich nach dem Schreiben
aber meine Hüfte sagt mir
das kannst du knicken

Beim letzten Wandertag
bin ich jämmerlich gescheitert
zwanzig Kilometer
früher war das gar nichts für mich

Nun, da muss ich wohl
etwas kürzer treten
aber wie macht man das
wenn Hirn und Herz
große Ziele haben

Chinesische Mauer
Jakobsweg
Deutschland wollte ich durchqueren
vielleicht irgendwann
mit einem neuen Hüftgelenk

Wie lange soll ich da warten
Ich will jetzt losgehen
es wird nicht gehen
ohne Schmerzen
wenn ich mir viel Zeit nehme
vielleicht

Ich und Zeit
zwei Welten
sollte mich entschleunigen
heißt es ja heute immer
und: auch Schildkröten
kommen ans Ziel

Es geht mir doch gar nicht
um ein Ziel
will nur unterwegs sein
nicht still stehen
Eindrücke sammeln
mich bewegen – etwas bewegen

Weggefährte

Mein Weggefährte heißt Paul. Paul war zur selben Zeit mit seiner Tochter im Schwarzwald in der Kur wie ich mit meinen Töchtern. Drei Wochen lang trafen wir uns täglich bei den Anwendungen oder Gesprächskreisen, manchmal auch beim Waldspaziergang oder im Schwimmbad. Wir verstanden uns auf Anhieb, hatten beide stets einen guten Scherz auf Lager und mochten die gleichen Therapeuten leiden oder auch nicht.

Irgendwann erwähnte ich, dass ich in dieser Woche Geburtstag hätte. Paul meinte: „Ich auch, am dreiundzwanzigsten."

„Ja, ich auch, aber du wirst nicht fünfzig."
„Doch", sagte er.

Jetzt wussten wir, was uns verband. Zwei Leben. Zwei Parallelwelten. Er aus Geldern, ich aus Düsseldorf. Er einen Meter dreiundneunzig, ich einen Meter achtundfünfzig. Zwei Babys vom selben Tag. Fortan verglichen wir unser beider Leben und Charaktereigenschaften.

Am 23. März klopfte es morgens um halb Sieben an meiner Tür. Paul und ich gratulierten uns und lagen uns in den Armen. Am Nachmittag trafen wir uns zu einem Stück Kuchen in der Cafeteria.

Am letzten Wochenende der Kur bekam Paul Besuch von seiner Frau. Als ich sie begrüßte, war sie sehr kurz angebunden. Dabei hätte ich sie gerne kennen gelernt.

In den beiden darauffolgenden Jahren gratulierten wir uns noch gegenseitig zum Geburtstag. Dann schlief der Kontakt ein.
Guten Weg, Paul!

Entzug im Zug

Peter saß nun schon seit über einer Stunde im Zug nach München. Weil ihm sein Arzt geraten hatte, er müsse unbedingt abnehmen, hatte Peter diese Mal ganz auf Reiseproviant verzichtet.

Gerade als sein Magen zu rumoren begann, betrat eine kleine alte Dame das Abteil.

„Guten Morgen, ist hier noch ein Plätzchen frei?“, strahlte sie ihn an.
Mmmh, Plätzchen, dachte Peter, sagte aber: „Ja, natürlich.“

Die kleine Dame ließ sich am Fenster gegenüber nieder, stellte ihr Handtäschchen auf ihre Oberschenkel und sah ihn an. Im selben Augenblick riss sie ihre Arme hoch. „Ist das nicht ein wunderschöner Tag?“, trötete sie.

„Mhm.“ Peter sah nur kurz auf. Hatte es nicht heute früh auf dem Bahnsteig noch geregnet? Jetzt schien die Sonne, um jedoch gleich wieder hinter einer Wolke zu verschwinden.

Wieder wedelte die Frau mit den Armen. „An einem solchen Tag macht das Reisen besonders viel Spaß!“, rief sie gut gelaunt. Die Sonne, die sich gerade kurz gezeigt hatte, war im nächsten Moment auch schon wieder verschwunden.

Ich habe ganz andere Probleme, dachte Peter. Hätte ich mir bloß was zu Essen eingepackt. Wieder knurrte sein Magen so laut, dass er befürchtete, die Frau könnte es hören.

„Wo fahren Sie denn hin?“ wollte sie jetzt wissen.

Also gut, dachte Peter. Wenn es eben ein Gespräch sein soll. Er sah sich die kleine Dame an und antwortete: „Ich fahre durch bis München.“

„Das trifft sich gut, ich auch!“, freute sie sich, lehnte sich im Sitz zurück, rekelte sich und streckte wieder die Arme hoch.

Peter schien die Sonne voll ins Gesicht. Plötzlich roch es nach schmelzender Schokolade. Das sind sicher schon Wahnvorstellungen, redete er sich ein und kniff die Augen zusammen. Was gäbe er jetzt für ein Stück Schokolade!
Die Dame gegenüber hatte es sich in ihrem Sitz bequem gemacht und nahm die

Arme herunter. Gleich wurde es wieder dunkler im Abteil.

„Würden Sie das bitte noch einmal machen!“
„Was?“

„Bitte nehmen Sie noch einmal Ihre Arme hoch!“, bat Peter.

Sie hob also die Arme erneut und Peter hatte die Sonne im Gesicht. Nun sah er sich die Frau gegenüber genauer an. Sie hatte ein ziemlich blasses Gesicht mit einem braunen Ohr.

Braunes Ohr? Peter beugte sich näher zu ihr herüber.
„Was ist denn mit Ihrem Ohr?“, wollte er wissen.

Die Dame sah ihn verblüfft an und befühlte ihr Ohr. Es tropfte. Peter roch es wieder: geschmolzene Schokolade, dort, wo die Sonne in das Fenster schien.

Peter zuckte zusammen und war hellwach. Er musste wohl eingeschlafen sein.

Mein Weg zu mir

Es war nicht immer
dieser breite
staubtrockene Weg
auf dem die Mehrheit geht
die vorgegebene
Richtung nach Plan

nein was ich suchte war eher
der versteckte Pfad
der enge Steg
ein unberechenbarer Umweg
der mich noch heute reizen kann

wer sagt eigentlich dass ich
alles richtig machen wollte
ein Hürdenlauf
ohne Straßenkarte
vor lauter Weg
das Ziel nicht erkannt

ich tat eben gerade nicht
was man sagte dass ich sollte
mich lenkte immer
schon mein Herz
weniger der Verstand

rückblickend hab ichs mir
unnötig schwer gemacht
bekam was ich brauchte
selten was ich wollte

oft schien es aussichtslos
verrannt verhöhnt verlacht
doch ich nahm es hin
wenn ich auch grollte

mal rauf mal runter
Schottersteine
Stöcke und Knüppel
zwischen die Beine
hitzig und stürmisch
um immer leidenschaftlich
so einzig der Mensch
so einzig die Reise

Manch tiefer Abgrund
tat sich auf
Abgründe der
menschlichen Seele

doch wie vermag ich zu geben
indem ich mich selbst bestehle?
Die fehlende Liebe bewirkte
dass mich an jedem etwas störte

so kam es dass ich zunächst
auch die helfende Hand
von meiner Schulter stieß
so manche Ruhebahnk
links liegen ließ

mein Weg ging weiter
durch den Wald
ich konnte kaum noch
unterscheiden
wer meint es gut
wer sagt es nur
hinter jedem Baum
ein Ungeheuer

der Blick nach innen
ließ sich bald
nicht mehr vermeiden
zu erkennen
was lange nötig war
sei dir selber lieb und teuer

mit abgelaufenen Schuhen
Blessuren und Seelenwunden
begann ich irgendwann
nach ungezählten Stunden
mich selbst zu lieben
und habe heimgefunden

Bunte Welt

Grün

Grün-dungsmitglied
noch grün hinter den Ohren
Grünspecht
der Specht hat Recht
schlecht Gefecht
jetzt erst recht
ins Grüne fahren
Grünspan ansetzen
grasgrünes Moos
ohne Moos nix los
lass los
olivengrüner Tarnanzug
Bundeswehr
wehrlos
tannengrün
Tannenzapfen
Zapfenstreich
auf der grün gestrichenen Bank
ein frisch Gezapftes trinken
Gift und Galle
spucken
das Spukschloss
im Spessart
der grüne Heinrich
grüne Heringe
im grünen Bereich

Spiegel-Grün

Dünnes Dickicht
Baumfragmente
Himmel, Ahorn und Natur
In der Spiegelscherbe
wirkt mein Haar wie
die Rinde eines Eichenbaumes
oder wie Dachsfell
Löwenzahn und Königstigerfarn
in der Wildnis finde ich Frieden

nur eine Mücke stört
sitzt auf meinem Ärmel
vorbei mit der
friedvollen Entspannung
der Sinnlichkeit des Waldes
dich Mücke **krieg** ich!

Rot

Warmes Rot
ist Lebensenergie
füllt mich
wenn ich leer bin
gibt mir Kraft
wenn ich Schwäche fühle
stärkt mich
bevor ich
den Mut verliere

Farben

Raps, Dotter, Mais

Sand, Zimt, Terrakotta

Gras, Moos, Efeu

Himbeere, Kirsche

Flieder, Aubergine

Asphalt, Gewitterhimmel

Indigo, Nacht

Unschuld, Schnee

Was macht die Kunst

Kunstvoll gestaltet
die Malerin
Kunstwerke
in ihrem Atelier

mit künstlerischem Geschick
entstehen farbenprächtige
Kompositionen

sie zeichnet, skizziert,
aquelliert und koloriert

kein Kunstfehler unterläuft ihr

Kunststück:
sie war ja
auf der Kunstakademie

nun wird sie
ein für alle Male
Kunstwerke malen
für Kunstausstellungen

Sieben

Jetzt reicht es! Im Siebengebirge herrschte das Chaos. Seit sieben Tagen hatten die Zwerge das Haus besetzt, ihre Siebensachen auf dem Fußboden verstreut, von morgens bis spät in die Nacht Pro 7 geschaut und dabei sieben Fässer Wein geleert. Nun ruhten sie sich aus.

Schneewittchen benutzte ihren siebten Sinn. Bevor sie hier gesiebte Luft atmete, zog sie ihre Siebenmeilenstiefel aus dem Schrank, brach alle sieben Brücken hinter sich ab und verschwand an diesem Siebenschläfertag über alle Berge in den siebten Himmel.

Hausmannskost

Hausmann Manfred kostet den Weckmann aus Mannheim. Also echte Hausmannskost. Was so ein Weckmann wohl kostet, denkt Manfred noch, als die Hausfrau Frauke im Hausmantel den Raum betritt und Manfred auffordert: koste mal! Manfred also kostet diesmal die Hausmannskost der Hausfrau. Frauke! ruft Manfred erstaunt, du hast keine Kost(en) und Mühe gescheut, mir meine

Lieblingshausmannskost, den Pichelsteiner Eintopf zu kochen. Nach dem Genuss desselben werden wir beide uns heute Abend ein Glas Wein picheln gehen!

Marktschreier

Leute! Heute gibt es Jobs im Angebot!

Als erstes habe ich hier einen 400 Euro-Job im Callcenter. Wer will ihn? Höre ich Zusagen? Ein erstklassiger 400 Euro-Job, Arbeitszeit zwischen 6 Uhr und 20 Uhr, 25 Tage Urlaub, hier in Duisburg, Leute kommt ran!

Ja, da sehe ich eine Interessentin! Kommen Sie, junge Frau. Und damit nicht genug, gibt es noch einen Putzjob dazu, Arbeitszeit von 4 Uhr bis 6 Uhr morgens. Interessiert? Super! Beide Jobs vergeben an diese junge Frau!

Als nächstes habe ich für Sie einen Zeitarbeitsjob bei der Firma Womenpower. Ja, heute gibt es hier die echte Leckerbissen! Wer will ran? Runter von der Couch und ab auf den Arbeitsmarkt! Der Herr hier vorne im Anzug! Leider nur Telefonakquise, aber das machen Sie schon! Besser, als zu Hause vergammeln, nicht wahr?

Und nun kommt ein echtes Sahneschnittchen: ein Schichtdienstjob im Security-Bereich. Höre ich die ersten Interessenten? Sie brauchen nur einen Vermittlungsgutschein über 2.000 Euro, aber das wird schon, junger Mann. Keine Ausbildung? Egal! Die Ausbildung zum Sicherheitsmitarbeiter zahlt Ihnen vielleicht das Jobcenter, Sie sind ja noch jung!

So, hier geht's weiter. Wieder ein 400 Euro-Job im ambulanten Dienst. Nur Betreuung und Putzen. Ja, die Dame da drüben? Sie sprechen schlecht Deutsch? Macht nix, das lernen Sie dann im Abendkurs.

Kommen Sie ran, Leute, hier wied jeder glücklich gemacht! Es gibt genug Arbeit für jeden und wer arbeiten will, bekommt auch etwas!

Ich packe aus

Warum packt eigentlich niemand aus? Warum wehrt sich niemand, geht niemand auf die Straße? Die Missstände in diesem

Land schreien zum Himmel und keiner unternimmt etwas dagegen.

Ich verstehe es nicht. Ach, ich kann doch nichts ändern, höre ich nur immer. Alle sitzen und halten aus. Warum soll ich noch wählen gehen, die Politiker machen doch eh, was sie wollen. Es hat ja alles keinen Sinn. Was soll ich als kleiner Bürger ändern.

Früher war ich der mündige Bürger, inzwischen wurde ich zum Wutbürger degradiert. Demonstrieren, protestieren? Andere Länder scheinen noch zu wissen, wie es geht. Ich bin ja froh, dass es mir einigermaßen gut geht. Wozu soll ich Kräfte mobilisieren.

Soll ich mich aufregen, dass Reiche immer reicher und Arme immer ärmer werden? Was ändert das. Wenn Bibliotheken und Schwimmbäder schließen, was juckt es mich. Ich gehe eh nicht gern schwimmen und so viele Bücher brauche ich nicht.

Kinder sind unsere Zukunft, aber warum in Bildung investieren. Ist ja doch kein Geld da. Sollen doch die Eltern selbst dafür sorgen, dass aus ihren Kindern etwas wird. Früher ging es ja auch. Und überhaupt: Kinder stören sowieso nur.

Die meisten sind sowieso verblödet und hängen nur vor der Glotze oder spielen mit ihren Handys.

Komisch, dafür haben sie alle Geld, für das neueste Touch-Handy, auch die Hartz-IV-Kinder. Die können sowieso nicht mit Geld umgehen. Jetzt können sie nicht mal ihre Stromrechnungen bezahlen, selbst schuld, wenn man ihnen den Strom abstellt, hätten sich das Geld eben besser einteilen sollen.

Die liegen sowieso nur den ganzen Tag auf der Couch rum, rauchen und trinken. Und das alles von unserem Geld. Und einen Flachbildschirm haben sie auch alle, haben es sich in der sozialen Hängematte bequem gemacht.

Was können unsere Politiker schon dagegen tun? Arbeitsplätze schaffen? Minijobs abschaffen? Mindestlohn? Keine Zeit. Sie müssen doch Griechen-land und unseren Banken helfen.

Engel der Kulturen

Engel
Frieden
Stille

Engel sind Luftwesen
kennen keine Grenzen
Kultur ist grenzenlos
Kultur verbindet

Kinder kennen
noch keine Grenzen
sie bekommen
die Grenzen
von uns Eltern
beigebracht.

Als meine vier Kinder in den Kindergarten und später in die Schule kamen, gab es noch keine Grenzen, keine verschiedenen Religionen oder Kulturen. Es gab nur Klassenkameraden, Freunde und Freundinnen. Kinder eben.
Kinder sind meist in Bewegung: rennen, laufen, springen, hopsen.

Laufen ist Bewegung
etwas in Bedwegung bringen
sich aufeinander zu bewegen
sich verbinden.

Grenzenlos

Betrifft: Erwerb eines Leuchtturms für 1 Euro

Sehr geehrte Damen und Herren,

den von Ihnen für 1 EUR in der Tageszeitung angebotenen Leuchtturm möchte ich erwerben.

Da ich schon immer hoch hinaus wollte und oft Abstand zu meinen vier Kindern brauche, wäre dieser Platz einfach ideal für meine Zwecke.

Wenn meine Töchter sich lautstark zanken, wären sie weit und breit nicht zu hören. Auch wenn meine Söhne die Anlage voll aufdrehen, würde der Lärm ungehört in den Dünen verschallen, während ich gerade einen ausgedehnten Strandspaziergang unternähme.

Ich hoffe, Sie haben ein Einsehen mit einer entnervten Mutter.

Ihre
Birgit Stieler

Die Einsamkeit des Leuchtturmwärters
(eine Woche auf dem Leuchtturm)

Über-Blicke

Über den Dingen stehen – das hat mir schon immer gefallen. Mediterran in mir ruhend schreiben. Endlich Zeit für mich. Und für meine Träume. Gedanken weiter denken bis zum Ende. Nicht ständig die Tätigkeit oder das Denken unterbrechen müssen.

Die Bewegung fehlt. Ich versuche, mich mit Treppen steigen und Gymnastik fit zu halten. Diese ausschließliche Innenschau ist mir schon fast zu viel. Allerdings: Ich kann laut singen und tanzen, das juckt keinen.

Ab heute darf ich jeden zweiten Tag für ein paar Stunden runter ins Dorf. Das wird ein Fest! Nun merke ich erst, wie sehr ich Menschen brauche. Wo sind meine sozialen Kontakte? Nur im PC, aber immerhin.

Auf dem Turm

Nach dem Sturm
ist vor dem Sturm

jeder Wurm
liebt den Turm
ohne Sturm

Sprichwörter wörtlich nehmen (drei Wochen auf dem Leuchtturm)

Zweifel

Letzte Nacht waren sie wieder da. Tauben. Hier im Leuchtturm? Langsam beginne ich, an meinem Verstand zu zweifeln. Kann ja wohl nicht sein, sage ich mir, war bestimmt nur geträumt. Trotzdem schaue ich durch den Raum. Liegt da nicht eine Feder? Ich beuge mich hinunter. Nein, bloß eine Staubflocke. Soweit ist es schon, dass ich Federn sehe.

Um auf andere Gedanken zu kommen, gehe ich zum Tisch und betrachte mein Malzeug. Die Tuben mit schwarzer und weißer Acrylfarbe sind fast leer. Auf der Palette hat jemand massenweise Grautöne ausprobiert und etwas Grün. Aber die Staffelei ist leer. Dann sehe ich es: Man soll Kleinvieh eben nicht an die Wand malen.

sitzen – stehen - liegen

Grundsätzliches

Eine altein**gesessen**e **Sitz**möbelfabrik mit Haupt**sitz** in Sassnitz beruft wegen neuerlicher Umsatzeinbrüche, resultierend aus Ab**satz-**problemen, eine **Sitz**ung ein.

Der stellvertretende Vor**sitz**ende Sebastian Sessler, ein hier **ansässig**er unter**setz**ter Herr im ge**setz**ten Alter, erinnerte sich mit Ent**setzen** an die letzte **Sitz**ung.

Sein Auf**satz** war seinerzeit nicht an**satz**weise berücksichtigt worden, sondern der erste Vor**sitz**ende hatte ihn vor**sätz**lich er**satz**los aus der **Satz**ung gestrichen.

Man hatte ihn wie einen **Aussätzigen** behandelt, dies konnte er unmög-lich auf sich **sitzen** lassen.

Sein Vor**satz** war, sich mit noch mehr Ein**satz** uner**setz**lich zu machen. Dieses Mal würde er sich durch**setzen**, zur Not mit aufge**setzt**em Lächeln die Situation aus**sitzen.**

Nach**satz**:
Der stellvertretende Vor**sitz**ende einer **Sitz**möbelfabrik wurde gestern, nachdem er bei einer Auseinander**setz**ung während einer **Sitz**ung gegenüber seinem **Vorgesetzten** aufsässig geworden war, neben seinem fahrbaren Unter**satz** inmitten der **Setz**linge aufgefunden, den Autoschlüssel noch in der **Gesäß**tasche seines schlecht **sitz**enden Anzugs.
Bis geklärt ist, ob er nur vom Auf**gesetzten** einen **sitzen** hatte, wird er leider ein**sitzen** müssen.

Stand der Dinge

Peter Staller, der eine neue An**stellung** suchte, betrat das **Stände**haus der Stadt Stade. Er **stellte** fest, dass für die freie **Stelle** bereits Leute in zwei**stelliger** Zahl an**standen**.

Er konnte sich hier keine Ein**stellung** vor**stellen** und wollte **stehen**den Fußes das Gebäude verlassen, zu groß war seine

Angst, bloß**gestellt** und aufs Ab**stell**gleis geschoben zu werden.

Egal, dachte er plötzlich, **stell** dich nicht so an, würde auch Stella, seine Frau sagen. Ein **gestanden**er Mann mit deinem Sachver**stand** sollte über den Dingen **stehen.** Du hast diese Arbeits**stelle** quasi in der Tasche. Stella ver**stand** es, ihn **ständig** aufzurichten. Wenn er nur an sie dachte, wie gut ihr das neue Negligé **stand**, naja, ein drittes **Stand**bein wäre nicht schlecht.

Also überprüfte Peter seine Ein**stellung**. Ja, er würde seinen Mann **stehen** sollte sich nicht mit anderen auf eine Stufe **stellen**. Lässig hing er seinen Mantel an den Garderoben**ständer**, **stellte** seinen Schirm in den **Ständer** darunter und nahm eine Zeitschrift aus dem Zeitungs**ständer.**

Während er wartend in der Reihe **stand**, **stellte** er sich vor, wie er im Vor**stand** ein Jahr später **stehende** Ovationen erhielt. Einem **Stell**dichein **stand** also nichts mehr im Weg.

Sachlage

Während sich der Amtsleiter des **Liegen**schaftsamtes der Stadt **Liegé** bei einer **Gelege**-Besichtigung auf einem abge**legen**en Hühnerhof befand, nutzte die **Beleg**schaft nach kurzer **Lage**besprechung die **Gelegen**heit zu einem Ge**lage** mit **Lager**bier, be**legten** Brötchen und ein**gelegten** Heringen, während die ver**legen**en Auszubildenden weiterhin Akten an**legen**, Unter**lagen** sortieren und Be**lege** in die Ab**lage** heften mussten.

Liebeshunger

Frau Dickmann
liebt Schokoküsse
gleich morgens
und halb Zehn
nach dem Frühstückchen

noch lieber
sind ihr die Küsschen
ihres französischen
Nachbarn Jaques Baguette
mit der längsten
Praline der Welt

Er meint, sie sei
die zarteste Versuchung
hat auch immer genug
Lachgummis dabei
haucht „Mon Cheri“
wenn er kommt
und „Merci“
wenn er geht

Du bist nicht du
wenn du Hunger hast
denkt sie

als Herr Bahlsen
in seinem Pick up
vorfährt
er ist Mitglied im
Lions Club

auch er ist ihr Ritter
Sportlich ist er und
macht nicht nur
Kinder froh

allerdings hat er dieses Mal
seine 44er Magnum
dabei...

Wortsalat

Manch einer verspricht,
was ein Held hält

als er sein Verließ verließ,
konnte er in der Ferne Seen sehn.
Da wusste er, dass es wahr war

Ich bin doch hier an der Oder, oder?
Das könnte für Sorgen sorgen.

Man sollte ihn nicht auf Rügen rügen.

Er wollte dahin, wo Ruht ruht.

Sie hatten damals in der
Philharmonie viel Harmonie.

Ruth hatte ihn geschickt geschickt

Sie sagte, ich weiß nicht,
ob ich die Äpfel heute häute.

Ich befürchte, dass
ich vom Mus muss.

Er sagte, lass es,
womöglich hast du dann
auf dem Stuhl Stuhl...

Zahlen bitte

Einst
zweifelte ein
dreifacher Vater aus
Viersen daran, dass man mit
fünf Leuten einen
Sechszylinder reparieren könne.

Sieben Tage hatte er
Acht gegeben, als ihm bei
den Klängen zu Beethovens
Neunter Symphonie klar wurde,
dass er bereits zum
zehnten Mal die
Elfer-Wette verloren hatte,
was ihm wiederum ein
Zwölf-Finger-Darm-Geschwür
einbrachte.

Jetzt schlägts
Dreizehn! Sagte er sich und
in einem Haus aus der Zeit Ludwigs des
Vierzehnten öffnete er alle
fünfzehn Flaschen Altbier um
sechzehn Uhr mit dem
Siebzehner Schlüssel und
feierte an diesem
Achtzehnten den
neunzehnten Geburtstag seiner
Tochter Rosi und schenkte ihr
zwanzig Euro.